MILO DE ANGELIS
相遇与埋伏

Seletion of Poems
of *Tutte le poesie*

〔意〕米洛·德·安杰利斯 著

陈 英 译

著作权合同登记：图字 01-2022-4418

Selection of Poems of *Tutte le poesie*
by Milo De Angelis
© 2017 Mondadori Libri S.p.A., Milano
All rights reserved

图书在版编目（CIP）数据

相遇与埋伏 /（意）米洛·德·安杰利斯著；陈英译.
-- 北京：人民文学出版社，2022（2024.1 重印）
（巴别塔诗典）
ISBN 978-7-02-017424-9

Ⅰ.①相… Ⅱ.①米… ②陈… Ⅲ.①诗集 – 意大利 – 现代 Ⅳ.① I546.25

中国版本图书馆 CIP 数据核字 (2022) 第 155567 号

| 责任编辑 | 卜艳冰　何炜宏　邰莉莉 |
| 装帧设计 | 李苗苗 |

出版发行	人民文学出版社
社　　址	北京市朝内大街 166 号
邮政编码	100705
印　　制	凸版艺彩（东莞）印刷有限公司
经　　销	全国新华书店等
字　　数	60 千字
开　　本	889 毫米 ×1194 毫米　1/32
印　　张	5.875
插　　页	5
版　　次	2022 年 10 月北京第 1 版
印　　次	2024 年 1 月第 2 次印刷
书　　号	978-7-02-017424-9
定　　价	69.00 元

如有印装质量问题，请与本社图书销售中心调换。电话：01065233595

目录

前言 _1

间歇和结局（1973—1974） _1
每种比喻 _3
岛屿的美会被人看到 _4
仅 仅 _5
朝着一个地方 _6

类 比（1976） _7
"T.S." _9
鬓角上的光 _12
缓 慢 _13
部 分 _15
受力的两人 _17
第一个女人到来 _18
窗 户 _20
外 部 _21

_2

毫　米（1983）　_23

现在那朴素的女人　_25

这些汁液　_26

头沉重垂下　_27

一滴水准备投入世界地图　_28

一位老师　_29

你不能沉默　_31

面孔之地（1985）　_33

队　伍　_35

一九四一年八月三十一日　_37

和父亲的对话　_39

户　外　_40

在肺里　_41

你会不会蒙住眼睛　_42

在鲍斯高慈幼会士间　_43

蒙菲拉托的传说　_44

一父之遥（1989）　_45

"有可能拯救那些被包围的人。有可能理解
　　　夏天。"　_47

歌　_48

相遇与埋伏_3

电　报　_49

保护我，我的护身符　_50

"对着头脑"　_51

光的构建　_53

我在熟悉的一月划船　_54

年　鉴　_55

简　历（1999）_57

历史学　_59

保莱塔　_60

无言的地图　_62

水上飞机场　_65

多纳泰拉　_67

内部的挖掘　_70

那天生的反应力　_74

唯一的日子　_76

在传递的心里　_79

半决赛　_81

诀　别（2005）_83

我们将在星期天见面　_85

无声的景象　_90

找到血管 _92

我们的远方 _93

阿尔图宾馆 _95

夜晚的拜访 _98

默默走入庭院的黑暗中（2010） _101

时刻的字母表 _103

包围的结局 _108

阴暗的干渴 _111

小　曲 _113

声　音 _115

相遇与埋伏（2015） _119

之一　堑壕战 _121

之二　相遇与埋伏 _130

之三　高度监控 _145

诗歌是什么？ _161

前　言

米洛·德·安杰利斯（Milo De Angelis）1951年生于米兰，童年时期他在母亲的家乡蒙菲拉托（Monferrato）度过的时光对他影响深远。蒙菲拉托的自然风光在他诗歌中时时浮现，也是他诗歌世界的原型之一。诗人早年就读天主教学校，少年时对体育有独特的爱好，这也说明为什么他后来的诗歌中会出现和体育相关的主题和语言。安杰利斯年轻时在华沙学习过一段时间，他痴迷阅读波兰诗人莱希米安（Bolesław Leśmian）的作品，而这位波兰诗人的诗歌中，主要的意象就是"天空""空洞的苍穹"。安杰利斯后来和几个友人在米兰创建了诗歌杂志《天空》(*Niebo*)，对意大利诗坛影响深远。

1976年他出版了诗集《类比》(*Somiglianze*)，得到了著名文学评论家兰博尼（Giovanni Raboni）的青睐和推崇。在这本诗集出现之前，意大利诗坛有十几年都是由实验主义和先锋派主宰。《类比》后来在评论界引起了极大反响，成为意大利当代诗坛最有影响力的诗集之一。诗集中已经出现了安杰利斯诗歌的基本主题：生活之恶、对日常事件和人们行为的速写、死亡、体育、少年生活的快乐。安杰利斯早期的诗歌语言延续了之前隐逸派的艰涩性，但富有张力，很多时候都营造了一种紧张感，正如诗人所说：

> 那些少言寡语的诗人一直吸引着我，那些艰难写出很少诗句的诗人总能打动我。那些语言经过长途跋涉才能问世，这是一场充满障碍的行走，会遇到很多屏障、城墙和护城河。这场行走中，语言不能像乡间泉水一样静静流淌，或像叙事体一样流畅。绝对不是这样，诗歌的语言不流淌，也不流畅，它的水流一直都会遇到堤坝的阻拦。只有通过这种方式，语言才会增加力量和密度，会压迫着堤坝，变得越来越深，水位一直在攀升，会感到倾泻非常急迫，会迫不及待带着所有积累、滋养和内心的期待流入山谷。(《诗歌是什么？》)

1983 年，安杰利斯通过意大利最主要的文学出版社"依诺迪"出版的《毫米》(*Milimetri*)，之后，他又通过"蒙达多利"出版社出版了多部诗集：1985 年的《面孔之地》(*Terra del viso*)，1989 年的《一父之遥》(*Distante un padre*)，1999 年的《简历》(*Biografia sommaria*)，2005 年的《诀别》(*Tema dell'addio*)，2010 年的《默默走入庭院的黑暗中》(*Quell'andarsene nel buio dei cortili*)，2015 年的《相遇与埋伏》(*Incontri e agguati*) 以及 2020 年的《完整的线、断开的线》(*Linea intera，linea spazzata*)。诗人最主要的访谈收集在《关于诗歌的对话》(*Colloqui sulla poesia*，2008) 和《说出的话》(*La parola data*，2017) 两个集子中。

安杰利斯和女诗人西卡利（Giovanna Sicari）结为夫妻，育有一子，两人 1990 年至 1997 年在罗马生活。2003 年，西卡利英年早逝，《诀别》就是关于这段丧妻之痛。诗人后来回到米兰，做了很多年监狱里的写作老师，诗集《相遇与埋伏》和这段经历密切相关。

安杰利斯的诗歌主题在 2020 年出版的《完整的线、断开的线》收录的一篇评论中得到了揭示："像运动员一样完美而迅捷的动作，那些质朴但像预言一样的句子，高中的岁月还有那时无穷的前程和许诺，还有那些和诗人所处之地相连的名字（首先是米兰，还有蒙菲拉托）。"此外，诗人探讨存在的一些宏大问题：时间和瞬间的关系；我和他人的关系；对于"绝对"的呈现；混乱与和谐；少年和命运。他的诗歌沿袭了意大利诗人莱奥帕迪（Giacomo Leopardi）和帕韦塞（Cesare Pavese）作品中的一些主题；同时他也受到了几位外国诗人的影响，除了前文所说的波兰诗人莱希米安，还有俄罗斯女诗人玛丽娜·茨维塔耶娃、德语诗人保罗·策兰。诗人和意大利评论家福尔蒂尼（Franco Fortini）交往密切，但关于知识分子的责任以及诗人和社会政治的关系，他们也有很多激烈的争论。

安杰利斯是意大利当代重要诗人，他的诗歌被翻译到了世界各地。安杰利斯的英语译者是美国翻译理论家韦努蒂（Lawrence Venuti），他在享誉全球的专著《译者的隐身———部翻译史》中，专门有一章来说明他的这段翻译实践。他说安杰利斯的诗歌语言偏离当代英美诗歌主流，因此在翻译中要用"抵抗"的翻译策略，尽量避免采用"归化"，从而呈现其诗歌的特点。在翻译安杰利斯作品时，要保持他语言的透明，不能过于介入。韦努蒂深入剖析了翻译安杰利斯诗作遇到的问题和采取的策略。诗人的诗歌的确可以用一种"透明"的方式呈现，并不会失去原文的意味深长。比如这首：

我已经成为

> 我们失去之物的化身
>
> 在我身上聚集着
>
> 所有那些一点点被取消的东西
>
> 我不再记录日子和时刻
>
> 我缺席于
>
> 世界古老的现象。

我们失去的东西呈现出一种具象,把我们的思绪引向别处。如果考虑到写作背景,基于"失去""取消"和"缺席"这些词汇,诗歌中的"我"极有可能是参照囚犯在狱中的体验写成的。但无论如何,它的"所指"具有暧昧性,并不局限于这些,因为毕竟"失去之物"和"被取消的东西"在每个读者心中激起的意象是不一样的。在翻译到汉语的过程中,译者也遇到韦努蒂提出的问题,通过一种直接的转述,不做过多介入来保留那种冲击力。

安杰利斯很多年的工作环境是监狱,他给那些被生活排除在外的囚犯上课,这和他后期的创作密切相关。有意思的是,二十世纪后期最伟大的意大利女诗人梅里尼(Alda Merini)的"圣地"是疯人院,一个隔离的世界,里面是一群远离生活的人。疯人院和监狱,这两个封闭的环境会给人带来一种看待生活的新视角,很适合一种内省的生活。牢狱会把个体和人群隔开,打开一个思索的空间。诗人的《相遇与埋伏》就是在这样的处境下写的,也是这本选集中完整收录的组诗。安杰利斯对于存在意义的思索让他几近疯狂,他选择了一条悬崖峭壁上的通道,这让他常常要直面死亡,那就像他日日工作的作坊,这个主题在这三个组诗里也会反复出现。安杰利斯的诗句清澈明朗,但常常幽深如迷,如阳光下的深海。

在此特别感谢维琴佐·皮内罗(Vincenzo Pinello),他是巴勒莫大学意大利语教授,也是米洛·德·安杰利斯作品的研究者和推广者。他在这本诗集翻译过程中起到了重要作用,不断和译者进行交流,对重点文本进行阐释,并参与了此文的构思和撰写。

陈 英

间歇和结局

(1973—1974)

每种比喻

同样低沉的天空
救护车响起的下雨天,在不安之中
放在腹股的手,你们从身体里
抵抗
对事物的一丝惊异,
而此时外面,在红灯间,
发明了"有限"的欧洲
在坚持,
远离动物,维护
真实而细小的理念
沿着高速公路,在线性的时间里
朝向一点
面对着事物的眼睛不会闭上,它们停在
一千多年在今天游移
在放弃不放弃之间
带着智慧,总是很晚消失。

岛屿的美会被人看到

那张脸,每次在醒来时
带着恐慌和焦虑
也会变得不同:
整整一个世纪
流逝在它的运动中
因为独一无二。
尽管有人,已经获救,
挑衅自杀者
在床铺和从手中掉落的
药片旁边
有人在说:
岛屿的美会被人看到
无论是我们,还是其他人。

仅 仅

仅仅这种成长
不在意别人的目光,充满
他所见的
才有可能:假如
有两艘船
不考虑它们相遇的点,只欣赏
它们行驶在水上的优美:只有这样,
只是现在,你不用解释。
这很凶残
但要当面说不
他在哭泣,他不明白,
他爱着,像几千年来人们爱的方式
在一个漆黑的露台上
做出许诺,在充满威胁的树叶间
相互抚摸。

朝着一个地方

空前绝后
夜晚,在船上,目光
望向远处的地平线,
从没计划回归
在这没有分割的分享里,没有任何目的
的时刻:
无辜而不忠,为什么那里
没有停歇,只差一步
就能到达起点。
任何进入的人
都会被带着爱意
认出来。

类 比
(1976)

"T.S."

1

你们每个人都会感到
一种柔和的困意,最温柔的漩涡
在床上盘旋
之后是树木、树皮、海草
眼睛无法抵御
药水瓶不再产生威胁
在午后半明半暗的光里
成千动物
围着担架,阻碍着护士
这时呼吸越来越微弱凌乱
在救护车的
毛玻璃里
一层楼的阳台浮现,时间
释放活者

让他们随眼中的波动奔跑
祭献的瞬间，让眼眸闪烁。
忽然间，回到葡萄园和水井的
寂静中，用磨平的石头
分割着肉
那是麦子深处的平静
当草地上的女人分娩
越来越缓慢，
直到婴儿回到受孕的那一刻
甚至更早，回到那个吻里，
在房间的明亮之中，那面大镜子，
滋生的欲望，动作。

2

之后，你们至少会体味一次，
淡黄色的、美妙液体，
从嘴里流出
从洗手池里流走，
钻头和鸣笛的声音越来越远。
呼吸变得紊乱，停下又重新开始
暴雨之后冰冷海滩多么平静：

一叶划艇驶向珊瑚岛

在海洋下,异性细胞在交配

没有无法挽回的事情

只有不断繁衍的海绵,

铺天盖地的虫子:

你看,这是珍珠贝的颜色,沙中的一块岩石,

关口,这是妈妈。

一个动作就可以脱下的浴衣

凝重的光,奇迹,第一个,

雌鹈鹕在暴风雨中

呼唤失散的雏鸟

也许在礁石中间,她看到了什么

某个移动的东西

第二天,她会和雏鸟

一起奔跑,大海深处宝石蓝色的海水

涌向表面,她在呼吸,

她在重生

找到另一片土地,另一种声音。

鬓角上的光

多奇怪的微笑
活着只是为了存在而不是为了讲理
在广场上
有人诉说心事有人在安慰,忽然沉默下来
那是六月,阳光明媚,拥抱不是
产生于明天,而是即刻

下午,餐馆桌子上的
影像不会做出任何解释
在红色指甲近旁
和那些句子一致
这就是抚摸

忘记的和投入的抚摸
当她看着杯里残余的
水滴,她想着时间
想着她唯一爱的词语:"现在"。

缓　慢

"我希望一切都停下来"
她说
她围着一条细长的围巾
我们穿过一摊摊积水
"我不想变得不同"
走路时，那些话很紊乱，今天
在马路边上
"杰斯科瓦① 离我很远，
我从来都不知道别人的事。"同时
我们进入这片田野，在小路尽头
有院子的味道
最后的电车也开走了"……哪种快乐……
你说的是什么……这对你已经够了……
这种充满义务的爱……在那里

---

① 斯拉夫民族女性的名字。

顶多会得到原谅……那些有条件的人……
你满足于这些……"
但风很大,话里充满辅音结尾的词
为了说一切结束了
我们说"我不知道,我不知道①"
在清晨就像在发白的金发里
一种无法掌握的东西
滑落在柏油路上,只有一次
"……但现在是考验我们的时候……
我们这些看不见的人……"卡车
载满货物,慢慢经过
路尽头的拐弯处
这些房子的围墙,厨房的味道
"你在哪里"她问我,用一种
无法展示的语言,她不说话。

---

① 原文为波兰语。

部　分

虽然是为了快乐。
在橱窗里，光颤抖着，
想进入某种意义。
这里不可能
把分钟绑在某人身上：
时间不会缩短
按照某个计划，
一切都有它的长度。
这不符合人们的想法，也不能。
虽然是为了快乐
但活生生的，不能不信。
用手捧起的爱，所有爱
融合成一种爱。

冰冷的额头
靠在玻璃上

("我会用我的生命肆意妄为")
这时收音机在说一些
陌生的语言
没有人说出意义
也许,远距离,逆风时
它会浮现。
外面是米兰。十一月。

现在,不同掩盖了一切。一扇门
打开,人们进进出出。其他人
挤来挤去找不到出口。这脉搏也在
跳动,渴望某些东西,
一场欢笑,非常近迫。
但现在已是事物无法恒久的时候。
在这一步之前
没有任何开始。应该进行一次尝试,
一次索性的坠落,落入混乱。

受力的两人

他不知道,时刻,现在,
他在等待,他
用目光询问她
路边的雪地
包含着他们俩
也许
寒风应该做出决定,放下傲慢,
提议在哪一刻,哪一步
抚摸她的外套
她头发的
南边或东边。
这一刻,
风在靠近。也许正是现在,时机快到了。
他看着她,闭上眼睛,犯了错。

第一个女人到来

"唉,假如你能懂得:
痛苦的人
痛苦的人不会深刻。"
都灵的城郊。夏天。河里
水很少,报刊亭也关了。
"换一个吧,不要再等了。"
靠墙的地方只有几辆车。
没人经过。我们坐在
栏杆上"也许你还可以
变成一个人,不用花钱
也可以体验,你可以进入
一个不用纪念的深处:
你不要等任何人
不要等我,如果我很痛苦,也不要等我。"
我们看着深色的河水,微风
吹拂着水面

掀起小小的涟漪，很像木纹。
她抚摸我的脸。
"你什么时候出来，什么时候
你没有别的选择？
别放不下，你要接受，
接受
失去一些东西。"

窗　户

在宾馆
房间里，在窗帘后面
第一次让人看到
一个柔和的广场
"我只想重复，你明白吗？没别的。"
这个下午
不属于任何人，不针对任何人
也不会选他，这片田地
已经挤满了宾客，他们
会把他开始的作品
放入另一个午后
就像那座桥
很平静，它已经不再
把两岸连接起来。

外 部

（之后，世界对一个
无关的人说话，
询问他
正好是他
一个怕别人找到的人……）

之后害怕
开始于一个错误
不能告诉任何人
或者向后倒退，到横线，
到一个个小点，到怀中，当他们爱我
但没有呼唤我之时。
星期二晚上：这广场好像属于所有人
但可怕的是，它属于我。

毫 米
(1983)

现在那朴素的女人

现在那朴素的女人在

一把一把,度过流年,

用剪刀的精巧

一阵傲气让嘴巴

靠近煤气

一直到脊梁都很坚硬

她相信的地方

尽管死者蹒跚走向一片田野

头颅凹陷

不可胜数的灵魂

在一阵微风中

投入到洗礼。

这些汁液

还在呼号的
天堂的汁液
滋养着乌合之众
包括那些最老弱者,自己
山谷的水潭,未来会进行审判
没人会拒绝邀请
他们生来
整个冬季,带着一张
战斗的嘴,一张完美的嘴,距离面包
非常近
同时
世界会来到
疯子中间,
那种面对面的沉默
他们已经去过。

头沉重垂下

头沉重垂下
在午后
解开一个心思
每个门把手都打开了,
保持安静。
那里是冰冷而晴朗的船只,
我们让一场战争停下。

一滴水准备投入世界地图

一滴水准备投入世界地图
投入一场冒险中
那些最陌生的名字
最后终于找到一条捷径
一次次演练
终于可以把杯子放在
一根手指上,第一次的
兄弟。整个场地,
都埋着他的自行车,腹语
冒了出来:
一半给胜利,一半给
陷阱里的草。
世界会抵达我们心里,
那种面对面的沉默
我们已经去过。

一位老师

一位老师
在事物的黎明中
畅游,在五点四十分
和好运中间

　　"我们会学会
　　吃这颗洋葱,
　　一点一点,观察
　　每种味道里的沉默"

那些在时间里黯淡的眼眸
现在
在喝一杯热牛奶

但你找到了我们

你在猫身上选择了

那并非有意的

喵喵!

你不能沉默

你不能沉默
在这座山上
在寂静中,在飞鸟之间,
我们将会被犁过。
白色飞走了,那些牙齿
知道,被永恒的复数
抓住的线
当它们
放下真正的我们:那时
没有落下,它们把太阳放在
第二第三个峡谷里。
这就是和老报纸
一起被丢弃的冬季,兄弟。它在
光的篮子里,在那里死去并
从缝隙间涌出。
我对一支蜡烛

谈到土地

谈到你和我们，只有我们，这些造物。

面孔之地
(1985)

队　伍

你们一直在受到
尘埃，一九六一年的
一个承诺的钳制，
当花园被 8 号球员
足球技艺铲平。
是的，一个承诺
说：你们注定奔跑
就像一条路的节奏
注定在
包含一切的广场上，
在草坪的力量中，变成了这个
光秃秃的存在
困于山中。
你们会是
这地下世界的音乐
到来，让食物变得纯粹，默默分给球队

没有人

可以错一步，没有任何闲谈

不顺着那些线条，

事物

非常微妙的线条

没有任何人，我命令你们

可以在中场休息时

拥抱

那长在皮肤上的

羊毛绳结

会杀死那些愚蠢的打滑：

箭头，

你带着我们的脚

跑向胜利，在这个场地上，

跑吧，唯一的神，下午唯一的快乐，

你要让一切都变得伟大，不要

让天下雨。

一九四一年八月三十一日

"观众很寂静。"

"完全寂静吗?"

"是的,是在火车时间——运送的火车。"

"这是什么意思?"

"在入口处,打碎了一块玻璃。"

"什么时候?"

"当他们检查计时器时。"

"然后呢?"

"齐斯托波尔热水器的轰鸣声停了。"

"怎么会发生这种事情?"

"我不知道。"

"那她呢?"

"她进入了跑道,和其他人一起。"

"她的膝盖怎么样?"

"她的膝盖准备好了,在土地上,非常激动。"

"那时膝盖已经受伤了吗?"

"是的，但她起跑很快。"

"头发呢？"

"头发是深色的，又黑又短。"

"她是在终点死去的吗？"

"不是，是在终点前几米。"

"你怎么会知道？"

"我感觉到了，她的双腿在动，但是她已经死了。"

"她照样冲破了终点线？"

"是的，冲破了。"

"她发誓要冲破吗？"

"是的，她发誓了。"

和父亲的对话

那些囚犯,你说,他们在牢房里
找到了一条暗道。有的人
在夜里,被冻死了。
其他人,烧了衣服,
得以存活。为什么那些看守
不说话?他是不是真的只会对死者开枪。

户 外

十一月来了,挨冻的疯子,
会感受封闭的船头,就像
遥远的包围,就像
铁锈的声音平息了歌声;
他们知道死亡
在老路中总有一条更纯粹
现在一个头脑在礁石上
放上他们的岁月,会收割,铭记它们。

在肺里

盖子,在我们成长时,它的力量。
噢,昨日里还盲目的眼,
今日你的眼,昨日形影不离。药水瓶,
白米饭成了唯一
没有象征的世界。物质曾
只是物质。没有任何东西
只是物质。守夜,不守夜,诗歌,
化疗,父亲,虚无,杨树。

你会不会蒙住眼睛

你会不会蒙上眼睛？我用围巾
蒙在眼睛上，抓着砖头上来。墙上
有很多裂缝，但不要害怕，你不应该害怕：
你会从爬墙虎中间上去，爬墙虎兄弟。

这上面非常高。你会蒙住眼睛吗？我几分钟
就上来了，你看，我的指甲在流血
我在天线旁边等你，不要害怕。

你会蒙住眼睛吗？脱掉外套，快，
点燃火柴，把玉米放在口袋。
你看，我们在上面吃，然后烧掉。
不要害怕，脱掉外套。你看，我会飞！

在鲍斯高慈幼会士间

"我富有而赤裸。顺风
小推车的刹车挨着地
那里有一片平原
比任何头脑都年轻,你们会看到
金属帘门,在午后刚拉下。
现在我赢了,青少年,藏在
健身房里自慰也没用……
每位老师都会和
他的大烛台一样熄灭,没有任何女人
在饭厅里,没有女人在他心里。我有
一件血衣,还有一段祈祷词作为诱饵:
这是我的镜子,你们的碎了。"

蒙菲拉托的传说

它们从一月就冻住了
但还是红的,那些在彩票店
赢来的铅锤
有三个疯子
他们把手藏起来
三个泥瓦匠兄弟,很瘦
像刚种下的小杨树
三兄弟
在暴风雪中
窥视一个动物
它长着土色的脸,
一条纤细的蝰蛇:
"我会长大,我会永远
变成蛇
杀死我吧,至少你们,要杀死我。"

一父之遥
(1989)

"有可能拯救那些被包围的人。
有可能理解夏天。"

那个开始侵袭了我们。我们想理解它
用死者的速度,原谅
双手,当他们叫喊时没人
听到这些自行车呼啸的声音
十五年之后或一场暴雨。这个低声
疯狂的舞台,这恶作剧的
袍子,就连我们昨日的
历史也不能切掉:在血与火的
出租车里,这就是所有经过的
一段段路和崩溃的惯例,同样恐惧蔓延
混合着一支荆棘中的华尔兹。童年之后的
十五个岛屿。过一会儿,在巴里①,他们会打开
报刊亭。黎明来临,别无其他。

---

① 意大利南方小城。

歌

死者的化学的三月,你看着我们,
回到声响中:学生们嘲讽
家庭史诗,他们给冬季的村庄
注入唾液里奇怪的纯真,
一半是命运,一半是地窖里偷来的毛衣
最后有人小声对我嘀咕,押十五……
还是十五……
我把那张牌打了出来,然后投币
我分辨不出颜色,我不知道
要从鞋底拔出多少颗钉子
我想要的多少年是多余的。

电　报

窗子和之前一样。寒冷
在重复岩石般愚蠢的本质
当时每个词的字母都在颤抖。
你挤出一丝微笑，指着
一个出口，随便一部楼梯。
直到现在你也没给死去的人找到符号。
我跟你说起大海，但那大海只有几平方米，
一出去，就是电钻。那也是，给我们的，
一个女儿的直觉
在一件事开始的几个瞬间里嗅到的。卡片
上面写着汤和米，几个月学会说枕头。蓝色军团在呼唤
冻结在一颗恒星里的我。

保护我，我的护身符

玛尔塔，我们找到了那个录像带
那是一天早上她藏在沙子里的，
在撞击中，在键盘里，玛尔塔是
一个没更新的人像带着
她没有消除的口音，但是
总是对着玻璃提问，但是
我们不在，衣服落在了柏油路上
玛尔塔，胸口有猩红热留下的印记，
双重的正义，双重的居所，
我们留下的羽毛做成的母亲。

"对着头脑"

在黄香李入睡之前
在真正的纸变得盲目之前
她向后退去,感觉
被击中,她认不出
水中的狗……
那是她父亲……
她从厨房跑开
做了一个手势
她遇到天空
她撕碎复写纸
用灰烬洗了杯子
那些像族长一样的鸭子
探头看一切是不是有序
她取出游泳衣
把它展示给夜晚
天平在追随天平

绷带上散发着强烈的
鱼汤的味道
围裙封闭在脑子里:
她在法国梧桐上等着
一个漫长的心思结束
然后她对着一扇窗户
这时青草在期待
六月的
九天过去了。

光的构建

一群长着鼠脸的孩子,
把我的忧伤层层围住
"轻一点……不要脱掉我的裙子
……现在城市在操纵我的呼吸。"
几乎是按着心意,他们从没有
围墙的那边进来,他们在空中攀爬,
构成一页又一页。那些物体的
周年纪念。"我在一辆黑糖
火车里醒来。我嘴里有一块。"
其他女人和世界躺在一起,
你读书,或者睡觉
就像那些完成
缺失的人,回来……那些哑巴……他们……
水中的哑巴……他们会原谅。

我在熟悉的一月划船

我从一个朋友那里得知:你要结婚。她比你大
在马切拉塔城①有一家小宾馆,
他打开一个洁白的笑容。在信中,
他谈到一种过滤器,在冬天
来测量血液。我记得那肮脏的玻璃纸,
玻璃中的手。一个字母很刺眼
藏在倒置的船龙骨中间,还有
一张证件照。有一种爱,
在你我之上,尤其是我和你们之上
水在水之上。

---

① 意大利中部小城。

年　鉴

从布了铁丝的身体，铁丝
攀到空中
带着叫喊的证据。就像
贫穷最原始的公式，
所有食品都融化
在心的水滴里，所有睡梦
都结痂成物质，那次会面
在诗兴和苍穹之间
我们回到被抹去的状态。

简 历
(1999)

历史学

我们什么都没看到,除了
诗句的凋零和死亡,命运为我们选择的眼
默默的失败。
我们永恒迷雾和时钟的女神
告诉我们经历了什么人生,在哪所房子里
苍穹的音乐不会降临到格列柯身上,几千年
是一米的沥青路,
在高炉和眩晕之间
蓝色的运河

"在抒情地脱掉他们外衣的人身上,
死者会找到建议。"

保莱塔

强烈的寂静
投入到你身上
陪伴着我在这景色中
天然气和健身房
这是那件厚毛衣
在冠军少女
凯旋的双臂上
和服上的黑色带子
吸收了沉重黑色
沥青的马路。
一切都还在这里
在秘密的扩张里
在护膝里
那是我们比赛后
交换的：雨下在护城河上
我们身旁的水，真正的

洗礼的水,第一次
吹灭第一支蜡烛的泪水,
那轻盈的手腕,
干脆一击。
这样结束,她弯腰
致命的一击
在有福的身体里。

无言的地图

现在你知道
我们也知道
我们在重生

——富兰克·福尔迪尼[1]

我们现在进入最后一天,在药店里
她苍白不安的脸不理会
巡夜者的呼唤:充满渴望的面孔,我无法跨越,
正如以前我称之为爱情的面孔,在这里
在米兰科马西纳区的雾里。
我们再次走向一面玻璃。然后
她把一张时刻表和眼镜丢到垃圾筐里,

---

[1] 富兰克·福尔迪尼(Franco Fortini,1917—1994),意大利当代诗人和评论家。

脱下天蓝色的套头衫,默默递给我。
"你为什么要这么做?"
"我就是这样。"她用生硬的声音回答说,
一种疼痛
仅仅和自己相似。"因为我……
不想得到也不想放下。"血液里
涌起的词语,眼睛盯着日光灯,
冰冷、聪慧、难以慰藉,
在玻璃上绘制出守护天使的手,
公正的天使,五根手指拢成一条线,
对虚无的坚定想法,喉咙依旧炽热。

"生命,不仅仅是生命,在变成
我们的生命之前,和很多生活混合……
生命,正是你,要给她一个
冻死的结局,就在这里,岁月
在寻找一米柏油路……"

我们中断了这文集
祈求心跳的时刻。我们准确还原那些
话语和事件。对于我来说
这有可能。在清晨三点

我们停在一个售货亭前,要了
两杯红葡萄酒。她想付钱。然后
让我陪她回家,她在瓦拉泽街。
那些话能听明白,她的嘴
不再含糊。"在我整整一生中,
你在哪里……"米兰又一次陷入沉默
无边无际,和她一起消失,在一个黑暗
而潮湿的地方,她的名字也会消散,
融入到没有音乐的血液中。但我们会成为,
一起,会成为那哭泣,
一首诗无法表达的东西,现在你看到了
我也会看到……我们都会看到,
现 在 我 们 会 看 到 …… 所 有 人 都 会 看 到 ……
现在……
我们正在重生。

水上飞机场

男孩跃入水中
在有力的自由泳中撞上一块石头……
……一缕头发上沾了血……
……青春走出
幽暗的一步,一朵
挂在窗上的玫瑰
"救救我,父亲,让我摆脱这痛苦。"
人们上去,下来,寻找
一段绳子,随便
一个什么工具,人们吐口水,往水里
扔了一条手绢,每个人
都在另一个人耳边
说话,说上帝
已经没有愿望,
有一次他觉得冷,上帝,
就伸出手,穿上

一件外套，第一件，这一件
也很旧，你看，
摸一摸，你可以留着……
一件外套，你知道吗？不是
从天而降的丝绒，而是我的，
这件，是我的外套。

多纳泰拉

那支舞蹈开出花朵,抹去时间并重建
就像这冬日的阳光照在
竞技场的墙上,照亮台阶,和岁月一起
唤醒尘封的石刻神祇。"多纳泰拉·德乔瓦尼在吗?
她还在这里训练吗?""一直在,多纳泰拉,
那个竞速运动员,她一直在这里。"

她盯着我看,带着米兰人古老的温柔
有一丝轻微的颤抖,但面带微笑。"她在这里,你看,
在掷链球的网子那里……拜托了……小声一点……
她用一只手拆掉另一只手建起的。"
"那人是谁?一个看守,一个影子,
一个占卜者……他会告诉我什么谜底?"

他靠近多纳泰拉,捡起一只钉鞋。
"先生,您可以拿去,这鞋子有些硌脚……
可怜的多纳泰啦……她那么漂亮……您看到了吧……"

"也许跑道明亮的那一点
和一种暗藏的恐惧拧在一起,也许
这个冬天和天空进入了喉咙:
她一个人,那是一月二十一或二十二号
她决定承受所有寒冷。"
"或者,人们说,发生这样的事,
是因为她失去了
OVS 服装店的工作,她好像哭了很久
日日夜夜……她父亲特别着急……
请了……半个米兰的医生。"

"先生,我,我可能做得不对,您一定会觉得奇怪,
但我请所有人去亲吻她,尽管在这个城区
这很艰难,爱匮乏干巴
在门房后什么都有。是的,要亲吻她
就像对着她的身体进行一场祷告,亲吻

她的膝盖,膝盖的神奇力量
当她在八十米的跑道上耀眼闪现,快要破线,
一切忽然实现,就像一个结果。"

"今天晚上,无论是在天上,还是在地上,
您要告诉人们靠近:他们会感到一种
热望——她那么美——他们会明白
亮光并不来自灯塔或一颗星星,而是
朝向终点的奔跑,来自她——多纳泰拉。"

内部的挖掘

请你放弃正义的回音,
接受不均等。

——皮耶罗·比贡季亚里[1]

我从远处认出她来,九步的
助跑,红色的汗衫
一九六一年斯特帕宁科给她的荣耀。
我从远处认出她来。后来,米兰
封闭在"倍耐力"的圆形之中,
在她短短的踏板里,她从一道黑白相间的
杆子上冒出来,在她掠过的无数身体之上。

---

[1] 皮耶罗·比贡季亚里(Piero Bigongiari, 1914—1997),意大利诗人、文学评论家。

她向我走来,忽然间

她的声音打开一道伤口,我不知道是什么,

一种暂时的空洞,一次

玻璃和废墟的占卜,二月的天空

过于激烈,吹走了毛巾,

打开了所有的门,驱散了看台上的人。

我不知道哪个受了致命伤的天神

在她体内呼喊,什么幽暗的

命运让她畏惧,喉咙里哪个女战士

被一道沉默封锁:那一瞬

是有数的,虽然它在延长,

嵌入一片草地之中,万千思绪

围绕着它。因此创造的只是一段指甲,

每个人都可以修改自己的出生

雕像在行走,面带微笑,

告诉我们它们有影子。但在她身上

我完全无视这个影子。

这个千年

过了一刹那。我不再熟悉那纯洁的

女跳高运动员的呼吸,让她幸福的

一跃,重要几秒的那块手帕,保持背部的

完美姿势，那是一滴汗水祝福过的；
那睫毛
闪烁着，一面优美的扇子，
打开恳求的目光，
跑道上，一阵出神的心跳
她煅烧过的光，她进入淋浴，踏上
学生运动会的征程，进入最高
联盟，来到起跑器前，进入每个人
都把自己的种子抛上去的壁画中，
在之前，现在，每个人都在
木炭、更衣室的气味中
组成一个完整的地方，一道人间的律法，
物质和上天的真正奇迹，身体的磨炼
找到了居所，
爱和它最高的影子结合，跑道上跨步时
强大的心跳，我们死亡的最初时刻。

我不再熟悉那熠熠生辉的
杂技演员的呼吸，她的飞翔
发出的充满光芒的力量——
亚马逊少女身体的光洁，
我渴望过，就像有时候，在众多地方

人们渴望,那些最明亮的。
"但是,将不是这一分钟,将不是我……
……那将是一个古老的承诺,一声问候,也许上帝
会爱你身上你不想要的东西。"

那天生的反应力

在高中拍摄的录像里,
她已经是现在的样子:年轻的女战士,
总是在进攻。
她点燃狼烟和露营的篝火,
把十九世纪的香水瓶扔进垃圾箱。
她是来自深渊的女孩,出入酒吧
玩转所有游戏,轻易就得到
学生运动会的冠军:九秒钟到达终点,
把第二名甩开六米。
在课堂上,当我发现她是飞人
("八十米整九秒钟,
十五岁啊,孩子们!")
我马上称她为安塔兰特①。

斯特法尼亚·阿诺瓦兹

---

① 古希腊神话中善于奔跑的女猎手。

但事实上，我们常叫她小斯特法尼亚。
但对于所有人
她都是青少年女神。

唯一的日子

她靠近窗口,看到
她的星座,在天空中
照亮她的内心。看到那些年的一切
依然给她带来激动:第一次上场
甜蜜的不安,露天看台上响起的掌声,
她的第一所房子,耀眼的,就在那里
断裂,在"圣母领报"路,
生活巨大的线条握在一只手中……
或死亡……安息的死者
或承载变味怜悯的死者,在一刻冒险中死去
的人,
她不会看一眼的死者……

……岁月……在泪花后
有多少年……这是围绕着一座摩天大楼
的香芹,口红的印子,一个优美的转变

产生的火花……多少人消失在

手镯之中……多少阴暗的积怨

对她喜爱的那张嘴……轻蔑的岁月……

只有时间的岁月……神圣的岁月……哑巴占卜者,

送给一位酒吧服务生的钻石……看得见的名字

还有那个跌落的人……一年……每年,

没有完成的每一年。

第一次打招呼,预感就出现了:

一本忘在"奈佩塔"舞蹈俱乐部的记事簿,

洒在裙子上的金汤力,在她的房里

飞了一千次被困的小虫子。

在废墟和商店的小步舞曲中,可以看到

那些死者中的宫廷侍女:黑暗的

洗澡水,沉于杯中的戒指

中断的《三钟经》,大地的

春天好像在追逐,她秘密进入的

少数的春天,用演讲者

激昂的声音,现在只能倾听,

所有血液都涌向指甲,

粉脂和灰烬,两条路上的七星瓢虫。

……………………………………
……………………………………
……………………………………
……………………………………

"无论谁遇到你
他过的每天都没有你
每天都感到
差一点就抓住
你的本质,那一点
是致命的。这就是我感到的,
我美丽的女人,你不知道自己犯了什么罪
我残缺的女人,我不知道你被切去了什么。
永别了,我脆弱的女人。"

在传递的心里

晚上,你的嘴出血了
你焦急地走来走去
在有限的活动范围
在没有窗户的宿舍
这时全人类都在观看
美丽的绘画,你重见
青春的步履
最后睁大的眼睛:
没有一个可以支撑的想法,只有那固定的
一阵阵涌起的想法在推动你到最后,
要求你说出准确的版本,让你准确地
从头开始,要求你说出完整的版本
这时你在距离那些身体
一厘米的地方徘徊。
你是剩下的无言的部分
当两个人早早分手

在一声问候里还剩下多少生命
那就是你。

半决赛

"问卷"问我会投谁的票。那是
一个男孩子的声音,在另一边呼吸。我不知道
在废墟里有什么亮光。一切都
回到这里,场地的边界。没说出的
地上的钉子。达马托老师讲了
一个代词……nemo:无人,non nemo:有些人。
无人
　　能抵达血管之外,孩子们,道理很简单。有些人
消失了或再也没有消息。邮递员
建议我好好看看邮箱,
附近的也看看。我会看的。欢迎
每一天[①]:我没有一天例外。死亡
也意味着失去死亡,无限的
存在,没有任何召唤,没有任何

[①] 原文为拉丁文。

私人呼叫的特定音乐。在血管之外
以前是仪式和居所,毫克和布告,无限
快乐或求助的叫喊,没人
越过这些血管。道理很简单,孩子们,没人
可以。

诀 别
(2005)

给乔瓦娜

我们将在星期天见面

米兰是沥青,消融的沥青,在空无一人的
公园中,发生了那次抚摸,在树叶
甜美的阴影下,失去判断力的时刻,
一颗眼泪的绝对空间。一刹那
两个名字形成的平衡走向我们,
那一刻明亮起来,她靠在胸前呼吸,
靠在这个陌生而宏大的存在。死亡就是
这些线条解体,我们在那里,姿态到处都是,
我们耗散在夏日的最高压中。
在大地的骨头和本质间。

*

已经不再确信。哭泣变成
疯狂的大笑,在可勒深扎格① 城区

———————

① 米兰东北郊外的一个古城区。

奔跑的夜晚,追着报刊亭的
霓虹灯。已经不再确信。激动地期待半夜
已经不属于我们,等待夜半,
直到它进入到真正的骚动,
在所有时刻,所有时刻的狂乱中。
已经不再确信。唯一确信的是时间,唯一确信的
是死亡,执念很少,爱的夜晚
很少,吻很少,把我们带出自己的
路也很少,诗也很少。

*

一切都已经启动。从那时到现在。所有
明亮的,时间,掠过嘴唇。所有
呼吸都聚集在项链上。兰穆布拉特[①]的
影子关上了门。整个房间,
全神贯注,变成第一次心跳。你头发的
黑色映衬着最后一道阳光的金色。
从那时到这里。那是夏天的第一天。
沉默充满了我们的额头。一切

---

① 米兰的一个街区。

都已经启动,从那时开始,一切都在这里,唯一
失去的,我们的遥远的。一切
都需要等待,回到它真正的名字。

*

已经没时间了,房间进入药水瓶之中。
分享本质,已经不再确信。你已经
没有项链。你没有时间了。时间是从百叶窗
透进来的大海的光,姐妹的欢聚,
伤口,喉咙里的水,丽塔别墅①。已经没有
日子。大地的阴影已经充满眼睛
带着色彩消失的恐惧。每一个分子
都在等待。我们看了手上的补丁。
已经没有光了。再次
他们呼唤我们,在一颗恒星的判断下。

*

那地方不会动,语言晦暗。这就是

---

① 米兰的一座公园。

确定的地方。作别明亮
夜晚的记忆,作别开朗的微笑。地方就在那里。
呼吸是百叶窗的黑暗,一种原始的状态。
沉默和空旷互换模样。我们
对一盏灯说话。地方就在那里。电车
很少经过。维纳斯回到了破棚子里。
从好战的喉咙中惹出事端。我们再也
没说什么。地方就是那里。在那里
你正在死去。

*

淹没民族国家,塔楼倒塌,混乱的
语言和色彩,悲怆和新的恋情,
进入到博维萨斯卡①,清扫掉二十世纪
大师的寂寞,我们悬在空中
的诗句。其他女人在市场
淘汰的东西中转悠,在这个时刻
新的贫穷中。我坐在家楼下的咖啡馆里,

---

① 米兰的一个城区。

我看着风景，那也是西罗尼①曾看到的，在一个孤单的

八月十二日，我开始召集幽灵。

我在一个沿海的城市重新见到我的父亲，"美好年代"②的

一阵微风和一个迷惘男孩的微笑。
然后是宝雷塔在榻榻米上，在最后三秒
看到了胜利。罗伯塔
献出了她的生命。乔瓦娜，
在医院的寂静中，时间露出它最大的谜底。

"那些黑暗的爱会重新活过来，
在岁月中间，它们会留下一个插头，
它们会回来，会明亮耀眼。"

---

① 指马里奥·西罗尼（Mario Sironi，1885—1961），意大利画家，曾活跃于米兰。
② 原文为法语，指欧洲从 19 世纪末到一战爆发这段时期。

无声的景象

*

地上一刹那,
和事物站在一起,
清早就投入,
回忆,在喧嚣中
找到居所:你逐渐
了解这时间,一点点
慢慢建起,人间的
日历,我不知道
后来发生了什么,发生了
什么,我的爱人,
为什么,为什么。

*

我们已经认识到
每日的心,没有年龄的心,
点亮肉身的思想,
对尺度的掌握
闪电,我们把自己
放在这里,两米的水泥里,
通过在场,夏日的
心跳,一次换人。

找到血管

                    *

天堂的最高处没有任何荣耀,只有缠结
在一起的神经,是声音的刮擦,
眼睛盯着下面,那种虚无
让思想保持冷静,那种
灯泡和针的悸动,某种
已经捕获的叫喊的地方。面孔
已经挨着它的土地,看到现象
苍白的流动
              哦,我说,睡吧,睡吧
虽然我和你在一起
但你没和我在一起

我们的远方

在施布雷别墅①我们重温一段奔跑,
门上的木头,蔓延的绿色
经过名字和岁月抵达这里,一直到现在,
更不协调,一直到尽头。你微笑着
在那滴水里解渴,你手腕上的表
指针和天蓝色搭配
事件有节奏地回来,本质的赤裸,我们的远方
不动声色,在嘴唇里响起。

*

有一个时刻包含所有时刻,
赞美和灭绝,迫切的吻,
膝盖的棱角,寒冷和惊跳

---

① 米兰一座古老的别墅,修建于15世纪后期。

就像在一个对全世界的呼吁里,加入
每个时刻不同的面孔,一个标识
一个外号,时间线
手上和笔记本上的线聚集。
带着告别的精度。

*

那未知的事物,在大白天
把我们带走,那朵出现在结合中的
悲伤玫瑰,她秘密的范围,就是我们。
我们是新闻报道的地方
我们是没有年龄的花朵的地方。

阿尔图宾馆

你向我告别,穿上文胸,你觉得
你可以让地球的律法消失,摧毁
地心,堕入黑暗。你走向了淋浴。
自由体操九点八零分的记录,
皮肤上的春天,一个完美的对角线。
你从噩梦中取出一枚发卡,你整理了一下
头发,戴上了浴帽,你只求
生活放过你。

*

我们在这里,和我们的行为分开。
你用一声呻吟,让一秒秒流逝的时间中断。我们写出
古老的诗歌,但很快坠落。墙壁
留在那里,睫毛膏的印子。

《三钟经》在黎明看着你,赤裸而沉默。
钥匙在呼吸间摇晃。每一道门,
每一盏灯,淋浴的每一股水,都在说
联盟已解体。

*

你站起来,跃入水中,你想吞下生活
你召唤月亮的花,巨大
阴暗的欢呼声会给情人
带来所有快乐。你呼唤身体的共鸣
激荡的火花,沸腾的血液,
绝不回头。在外面,汽油的痕迹,
悬在空中的缆线,一段段安魂曲。你感到威胁,
想要撕裂床单。你问我
他们会不会来这里,我们能否拯救自己。

*

当一张渴望的脸上出现
太多季节的痕迹和一条过深的血管
在房间里延长,当生命的刻痕

成群到达,我们紧握到黎明
手腕里的血液放缓
不仅仅是在那里,大浪停下来,
那时是夜晚,是覆盖在
每张我们爱过的脸上的夜晚。

夜晚的拜访

给你，我的爱人，一首
简单的诗歌，你在每个音节中
看到人间过往的微笑，给你
唯一的赠言，呼吸的
灰烬，唯一的证言。

*

你带着血性和良知行走
从日子中撕下的一刹那
我的弓箭手——被刺中的女人
每天夜里你在天空中闪亮
现在身体变成了天穹的
音乐，神圣的声音，是寂静。

*

现在秩序被打破,现在
你走近房间,整个夏天
都赤身裸体,用手
不停转动门把手。

默默走入庭院的黑暗中
(2010)

时刻的字母表

*

他们在暗处等我,有时
我把他们带给生活,带给当时
伟大的字母。但他们会回到那里,
一声不吭,紧抱着一根柱子,
不管不顾。世界
就像他们找不到的
一个句子的回音,他们落入
任意行为的黑暗之中,星期六
在一座商业中心里。
自然,我谈论的是英雄,他们的身体
在笔记本上都有一个插头。

*

天色很黑。八月的中心是黑色的

就像赤裸的身体。我得不到

休息也无法采取行动：只感觉

嘴唇里的血液在搏动。黑暗来自

敞开的呼吸，进入世界

带翅的弓箭。黑暗

在那里。在那里。在第一次

跌落的顶端，黑暗是我自己，

那种寒意，经过几个世纪，在对我说话。

*

没人休憩。在人行道上

擦伤额头的男孩

听见众神的口哨，一个漩涡

从体育馆守护着他

直到城市的边缘

安慰他。但你也会

在密封的房间里

闻到一股汽油古老的香气

你会在院子上飞翔

一个陌生人从阳台上

探出头，他手里握着沥青。

*

灵魂旁边是一条竖线
下午把我们带到一首歌中的郊外,
那一刻变得赤裸
末尾是希腊的力量:我们是祈祷者
留下来倾听,产生于我们
每个人的天空,热爱正确数字
孩子们的巡逻队,
美丽的史诗,一颗足球致命的重量。

*

他进入这里,
在瓦雷街的天蓝色中,在餐馆里
他看到你哭,在古老的
绯鲤中,在那时的秋水中。你说,
曾经的一切,都会再现,
会再发生。看,保罗街的人质①

---

① 《保罗街男孩》是匈牙利作家费伦茨·莫纳尔(Ferenc Molnár)的小说,1906年出版。此处应该指这本书中的故事。

都在脑子里,都在那里,他们在
桌子间转悠,他们有黎明
神圣的印记。你,
越来越近,你是每个青少年
黑暗的曲调,是那些想要一切的人
心里的敏锐和恐惧,时间的逃亡者
面孔无比苍白,还有一个不会
比我们持续更久的信物,
唯一看着我,等着我的日子,
唯一的日子。

*

给薇薇安娜·尼克德莫

我的朋友,我知道
你曾处于一个局限之中。我也
在唯一伟大的死亡间隙
睡在乡间农舍中间
冬天人们在那里聚集
用凌乱的语言和
稠密的思想:一阵葡萄干的

清香涌入,相遇的雪
察觉到
我的夜晚在你的夜晚之中。

*

夜晚的杂技演员,身体
没有任何绳索,空中的
雕像,随意洒出的
荧光粉:他把他的翡翠
抛向最后的幸运,他靠近被埋葬的人
给每个人指明道路。大地属于
那些遗弃它的人。

包围的结局

夜晚从手里出来,
那难以抵御的空间
在扩展,好像是围绕着
那张纸的空间。广场改变的位子。
不存在可以停留的圈子,一个全名
要在嘴唇上反复重复。苹果
和时间混合在一起。每个句子
都变成了遗失的线条,一次预告。

*

已经晚了,
彻底晚上。生命遗失了
轴心,在街道上
游移飘荡,想着
所有爱的承诺。

你想从我这里得到什么?那些迷途者的心
在哪里跳动?这就是
为之生活的
神秘的目标?
家远离
起居之所,一切都
交于最后的证据,一切都逃逸了……
但那个
在喉咙里收缩的音节
就是这个。

*

无限出现在稀少中,
就像叫喊声最后一个音节
消失的时刻。刹那在跟随着我们,
我爱的是什么?也能是那种氛围,
在身体和横杆之间,那两厘米,
照亮每次掌声。或者树上
那阵看不见的微风
在少女微笑的地方,没有结尾。
古老比赛的那些伤口

在这家酒吧里
找到一种隐含的音乐。就这样。后来
语言呈现自我,
给出的无止境的话。

阴暗的干渴

他们不回应呼唤,他们
消散在大地的边缘,他们有
一条颤抖的线的秘密,他们从
被爱的血脉里出来,现在
你们可以看到他们,夜晚,在环城路上
他们把手指放在嘴上,要求寂静。

*

语言回到古老的状态
那个房间是纸张
和白炽灯的声音
是纯洁手指的伤口
是两道墙壁之间的跌落,
我走下古老的一天,
小腿肌肉变得坚硬,

一切都在正午结束,一个个
影子缩短生命,
走廊里长出的草
过几分钟
需要交卷了,草稿纸
也要交上来。

小　曲

三月十九日

在阴暗的严厉之中
她出现了,她是可以连做
两次假动作的球员,每个生命
都照亮了
在柏树边缘
矿物的夜晚撕裂
填满脑子里的债务

这片风景
带着它神谕般的纯洁
带着气氛和心灵的空洞
进入到音乐的全部
在死去时重生

那时是我们战斗的
英勇的夏季,是传球和
射门的智慧
一条线在团队的
配合里开花,在鹰隼般的
后空翻里,在众风的汇聚里。

我们一阵阵攻击,我们靠着
一棵白杨树
我们是一瞬间的
血液,我们是
暗处最初跑动,我们
留了下来。

声 音

1

这些嘈杂的声音让我们不安,叶子
在两具身体之间的空间,古老的
宾馆房间落入院子里,
就像我们的一部分
这时我们开始复述。

2

……那时有一群
孤单灵魂呼唤我……他们拉开帘子,低声细语,
他们靠近时间的大橱窗……
一段数字和风的祈祷词……那是契约
……是唯一许可的契约……
默默走入庭院的黑暗中……

3

"无形之物包围了电脑
你失去的东西
现在抵及你
我们遗忘的东西
在比赛的滴答声中
会对你说话,在分钟的
理性中,在呼唤你的
无尽守望中。"

4

在没有夜晚的黑暗中
一株词语的小灌木被引向我们
都是简单的词汇,袒露的面孔
那是女人在谈论一份礼物,
一份冰冷的馈赠……
……这就是我等你的河流……
你要记住我……我是第一个……
我是水,喝掉自己的水……

5

时间断裂,眼前的景物
变得阴暗,我们迷失在
一个房间的粉笔间……
这断续的声音
属于我们……这是文件中
抹去的词汇,寻找出路的
干渴,是记忆的欺骗……
是一场爱情
猛烈的开始……

6

教会我如何行走,你们曾经
死过,你们从密封的井中
打捞我们的真相,你们从时间脱离
把我们带出这些悲剧的圆柱
在卡车灯和羽绒被之间
我们会把最抽象
的丢入火柴的跳动中
会对你们说,我们要回家。

相遇与埋伏
(2015)

之一　堑壕战

这死亡是间作坊
我在其间劳作多年
我知道零件的优劣,
良辰吉日,我懂得
一分钟一分钟演练
还有停下来的好处,停下来
等待解决故障的新办法。
来吧,我的朋友,我带你看看,
我讲给你听听。

*

一切都始于一个小房间里
有礼物和蜡烛
一口气吹灭,我父亲停在
他一直穿着的外套里

一团纯粹的虚无侵袭了我
一刹那在桌上迸裂
给我展示出一百个这样的日子。

*

……………………
……………………
……在一九六七年,在一场漫长的
堑壕战之后,经历反反复复
一米米向前推进又撤退的战争,我开始
和死亡进行谈判。

*

我开始和她谈判,是的,谈判
但她很抗拒,拒绝签字,
她会忽然消失,又在最精彩的时刻出现
在抚摸开始之时,或者在指出
天空中迷人的大熊星座的欢快声音里
她带着烤煳的杏仁味
在曙光里注入了她原始的黑暗。

*

我试着和死亡严肃交涉

她刚开始很配合

她放弃了一统的帝国

开始考察一个个病例

用药膏治愈了几例惊悸

她开始高唱

一首国王般的歌。

*

我依旧尝试和死亡

达成协议,但她很狡猾,反复无常

她出现在爱情的熙攘中,

变得发黄,成为固定节目

她是呼吸和呼吸中的利爪

在禁闭的时刻

漂浮在浴缸的污垢中。

*

后来,忽然间在二月一个星期一

一切都回到之前……她
从她的领地出来,
四处巡视,在黎明,
在信箱里,她又开始
永不停息的仪式,她传播
一首冰冷的歌
她要找的正是我们。

*

她开始讲话,
那至高无上的形象,
就像带领我们走向结局的队长
压抑着幸福的雀跃,
用一只脚踩翻
两片叶子的幼稚船舶
她对我们发出警告。

*

"你会是一个没有光芒的音节,
不会获得魔法,你会困于

逻辑的房间。"

"你会是你写的句子里
那个裂缝,一次重犯,
一个被流放的声音,唯一
消亡时无法复活的声音。"

*

"你会带着很多疑问死去
会张开双臂迎风奔跑
想起那个微笑的女人的温暖
你会在最后的矿井中挖掘,看到她
你会一点点打造虚无这个词汇。"

*

我已经成为
我们失去之物的化身,在我身上聚集着
所有那些一点点被除名的东西
我不再记录日子和时刻
我缺席于

世界古老的现象。

*

死亡,没人比我更了解你
没人搜遍你的全身
没人那么早开始
面对你……你赤裸、叛逆
面对祈祷的闹剧……你给我展示了
失去时光的蜇伤
那些满怀幸福等待我的女人的魔力
没有上帝……在一个严格的区域……在下面……
在每分钟致命的呼啸中。

*

有一道被埋葬的神谕
我不懂那些话语
但一朵有毒的青铜紫罗兰
进入那个寒冷的时刻
在征兆和毫克的
嘀咕声中

我们的轨道遭遇撞击
像初见时
产生的心悸。

*

我的朋友,你无法想象,一个结局里
会隐藏多少东西,你无法明白
被磨碎的石头
变成你的生命
尽管很美丽,我记得,
那是宇宙活力要求的,苹果园中的青春,
是我母亲期望的最高艺术。

*

请相信我,我不知道能不能做到。
你听我说,再近一点,我可以告诉你
黑暗的血液喷涌着,但我无法抹去自己
有一种着魔的沉默在我身体里呼吸,
手写笔记本的低语
那个准确的词汇,我的上帝,那个词汇

在最后的堑壕会亮出一个果实。

*

我寻找一个固定点
可以确定一个界限
我不会破界
但没有用:脑子里的其他起伏,
其他潮汐
会把我们的参照点搅乱
会把我们扔进血里。

*

在死亡近旁,一切都是当下
没有童年也没有天堂
你落入一声秘密的叫喊
你不说话
寻找一个谜底
你只找到物质,
不会颤抖的物质,无动于衷地看着你
无声地靠近两端

*

每颗果子都会颤抖

从那片古老的土地抵达我

现在我是自己的悬崖

生命一点点缠绕

在它永远的结局上。

*

在这放风的园子里

我内心暗流涌动

她说的每句紫罗兰的话

让我想到自己

我是河流中一株

紧紧抓住诗歌的可怜花儿。

之二　相遇与埋伏

今晚宇宙气脉流动

你看,我从我的石头中出来,

想再和你谈谈生活,

谈论我和你,谈谈你的生活

我从浩瀚的夜晚注视你,

观察你,感觉你额间

从未消去的虚空

像激流一样空洞,

在游戏的红晕中冲击着你,

现在它一次次回来

让音节的舞蹈停下

你之前有节奏地出现的地方,然而

单调的声音让你气愤

你遗失了日子的线团

你打碎唯一的沙漏,停滞在那里

我想帮助你,像往常

一样,但我只能从这圈子中
游击一样逃开
眼看着在你额头间回荡的黑暗折磨你,
我的儿子。

*

我再见你,你美得像一声叫喊
在群山的叮咚中
你在草地上和男孩子们搏斗
在青春年少的几个瞬间里
假动作和躲闪的低语里
椴木枝条在看着你
向我们这些留下来的人
伸出胜利的手臂。

*

时间是你唯一的同伴
在那些无人倾听的灵魂中
我看到你行走在屋脊上
你打开血管

在一毫克与一毫克之间

吟唱着迷失肉身的歌

在晚班时

你说你们来找我吧

在语言下你们来找我吧

你穿着一件天蓝色裙子

长着一张错误的脸

在你手上

你探索唯一一条线

虚无逐渐成形

*

在夜晚的雾霭中,在头脑的失衡中,

你像盟友一样降临

你用数学一样精确的目光指出

几个尺寸,你在沥青路上

画了一个微笑定理的几分钟

每分钟都是我拥抱的时代

你不会让时刻落空,

你会给每小时取个名字

一个尺度、角度,平行

和解答,你展示出那些身体,
就像一片风景,会无限次相遇。

*

一道荧光的刀刃让你与众不同
它威胁着你,在三班,
每次都要求你得到更高的分数,
头目的完美范例:你曾在光荣之中
富有牺牲精神
你选择不再拥有任何东西。

但今天你做到了
一个古老的鞠躬,一个精彩的时刻
在二十二号站台的铁路警察和梦游者中间
你叫我的名字。"你记得我吗?
我住在这里。""我记得那段
修昔底德① 的翻译,很难,
只有你……只有你做到了。"

---

① 古希腊历史学家。

"众人如此举行葬礼。①"

你还具有一个聪慧学生
的机智言语，写在纸上的形容词很突出
句子经典又新鲜，
你在即兴翻译时半闭的眼。
你在哪里，我默默问你。我们在哪里？
果实留在了里面，在一个远离光的时间里，
在一只蜻蜓的游戏或在一块石头里
默默燃烧。

*

躺在呼吸机的中间
马里奥，有些东西在你身体里呼喊，
来回奔跑，又回到深处，
被嘴唇紧紧封闭，
在一张瓷片陡峭的角度中迷失的真相。
你在哪里？声音上压着的石头，
被虚无布满的胸怀：血液在思想间
轰鸣，含混的句子落在床单上。

---

① 原文为拉丁语 Toiósde men o tafos eghéneto...

你看到寂静的草木、房屋，某些遥远
友善的东西，某些安慰
控制着呼吸的东西，你在混乱中
想找到路上的一盏灯，
一只能解开纷乱的手，把人温柔的声音
带回移动的身体。

*

风伴随着你的每次转向
你是百发百中击中一粒葡萄的箭
你会把它完整无缺带到游泳池的另一边
把死亡从我们身上扯开
迅速把我们带到掌声的狂喜中
我们是你的拍子，一只手伸过来抚摸
每一滴水，点燃它的韵律
小声吟唱
一场要完成的生活让人振奋的开始。

*

"我离开了场地，你看
离开我们精彩的比赛

你会在这里找到我,在语言下面:
笔记本是我唯一的伴侣
现在在手上,你看,有死亡的线条。

只有你可以拯救我,只有你
可以神奇地击中靶心。"

*

温柔的虚无
你把我引入
纯粹声音的年份,
当一切从父母广阔的故事中
传播开来
陌生的世界在呼唤我们……

……你呢,流放的阴郁虚无
没有答案的灵魂的虚无,
愤怒、血腥的虚无,
剪下花朵的伤痛……

温柔的虚无,阴郁的虚无

你们一直都一样。

*

……我就这样出现在阴间……
……你无法想象我的惊异……
……我以为会有上天的惩罚,
我想象抛入火中的身体和圣人主持的审判
但这一切都没有发生……没有……没有发生……
有一些空白的场景和致命的场景,
有几个运动员在跑一场漫长的马拉松
还有一个女歌手美丽的脚印
那是光着脚留在水泥里的,甚至还有她,
那神圣的少女……我呼唤了她……她微笑了……
她还在微笑……最后消失在稻田之中……

*

提问和分数留下的无穷印记
又回到了这个房间里
在三个枕头和紫色指甲的游戏里
你不要保持沉默,你不要

有一点玩笑和挑衅

会有一个印记留在你的额头上

她会看到,会不再爱你,永远地逃开。

*

现在你回到葡萄园,

在葡萄园里,你找到了古老的判断力

可以轻轻抓住的快乐。安杰罗·鲁内里

在这个攀援和狐狸的躲藏之所

你丢弃没发生过的事,你演绎

伟大的德国音乐

给我们这些爱好者,你是大师

会把每个动作在心里加重

却会在蚊虫的婚宴舞会中微笑。

*

我在"格雷科"车站又见到你

剃刀一样消瘦,被一个顽念折磨

你称之为诗歌诗歌诗歌

那是曾经的英勇冬季

对抗玩乐的生活……我想
和你谈谈但你沉浸在
一种受伤的沉默里,
你停在中断的轨道上
盯着手指上的补丁
喉咙因苯二甲嗪而干渴
眼睛被一千种频率点亮
当铁路警察闯入化学的睡梦
你的每毫米都遭遇验血……
……我想跟你谈谈,我唯一个朋友,只和你交谈
你进入恐惧之中,在一百个失眠的夜晚,
肌肉的抽搐中,在屋顶上行走过,
你侥幸活着……现在我拒绝你,
我爱你,就像爱一颗丰沃而绝望的种子。

*

是你,毫无疑问,我从
你回答提问的样子中辨认出你
"贡噶加"中学的窗户外是一个巨大的院子
外面,所有一切都像榆树的寂静
穿黑袍的人写出一个分数,你通过了考试,

我们清澈的声音再次响起,
你被声音淹没,隐约的曲调正在形成
衣服上已经有了号码,每人正确的号码,
他带着活泼的微笑,上场踢球。

*

在"苦山"广场的草地上
之前的古老比赛又开始了
头脑里的马和这足球场
这个简单的长方形场地
和拥挤在那里的幽灵,
8号球员让球擦门而入
进入到了时间的隧道,多雨的星期天
现在一位创世者的目光审视着我们
他把我们都放在掌心
在那些面孔上看到幸福的唇位
完成的、溢满的快乐。

*

我在"维尔切丽娜门"

一家酒吧遇到你，我看到

两扇门关起来

太慢了，那支带羽毛的飞镖

飞得太高了，我们

成为纯粹的间歇：真相会把墙壁

压出裂缝，

会让镜子发黑

在被母亲无神的目光

固定之前

我们在那里闪现。

*

你身体里

那个永恒的少年

还在不停玩耍，他

一直在追着足球

足球把他带到了体育场的呼喊中，在世界

流露的微笑中……你缺少什么

你在一个女人身上寻找什么，什么影子什么秘密

和游移的舞步

背叛了那神圣的约会

最后一分钟,让它更长,更短,
更像生活。

*

我看着枕上你的头,
看着检测仪,输液点滴在记录时间
白日和眼眸之间的反差
那有毒的小瓶子已经
在夜晚的辉煌中飞翔
一切都变成无穷的困境:
在选择的明朗王国里,你想
死去,毫无疑问,这是你想要的,
你呼唤了最后的时刻,
她用戴着紫色手套的年轻女人
的低声细语回应了你
这时你犹豫了。

*

"生活,怎么能这样压榨你?"
"在'明谷',那是一次很突然的召唤。"

"什么召唤?你都没告诉过我们。"

"二月的雾太大。我就应该去那里。"

"没有其他理由,没有人吗?"

"所有人,鲜花,山脉。"

"包里藏着那些药片吗?"

"它们会忽然点亮夜晚。"

"你有什么感觉?"

"我感觉自己一点点消失在草叶间。"

"你微笑着说这些吗?"

"是的,我的生活在微笑。"

*

那么,我的朋友,你就是那种不信神灵的快乐
今天早上抵达温柔的港湾
在电话里对我说,现在我知道了现在我知道了
从最暴力的结局
也能产生这个好处,一个麦穗
由我出生的幸福原子组成
我看到一条小径天真的亮光
我们是一个巨大矛盾的结果
一天天在准备那封情书。

*

镜头里。一个女人独自沉浸,
在雾霭的温柔里。维薇安娜。
快看落日!她在叫我,她欢快地
一次次跑过跑道,面对面按下快门
一个季节到一个季节
在短短几米中重复星际之旅
最后回到这里,在报刊亭的门口
我一下子认出她,我看见
她浮现在报纸的日期间,
我失去她,后来又找到她,
重生,结束,到达顶峰,就像一首诗歌
在白纸上跌落,然后重生。

之三　高度监控

老师，也许有一天我会跟您说说我年轻的妻子
和我犯下的罪行……也许我能做到……
也许在年末……在作文最后一页。
（写作课三年级的学生，课堂作业）

我从来没过见过有人
用这么专注的目光
注视那道天蓝色的帐子
那些犯人称之为"天空"。
…………
每个人会杀死自己爱的。
（奥斯卡·王尔德，《监狱之歌》）

1

在监狱里要开口说话
像你这样沉默的人也知道
每种沉默会滋生怨毒
夜晚一次次审讯你
你最后招供
你谈到她,身体、新娘和钳制
就像耀眼的美
但没人看见她时还活着
你提到她石榴般的阴郁和疯狂
衣裙落下时狂野的光
在放风时绝对的混合。

2

当你开始创作那个作品
你封闭在声音的四个边界里
你重复说墙上的裂缝,
小窗户斜射进来的光,
歪歪扭扭的走廊

都是心思

这种心思比你强大，

会变成有形的东西，把你吞没。

3

作品，你无处不在但我不知道你在哪儿。

封闭的罪恶的声音，可能你在这里，在栅栏里

在坎波涅阿戈 40 号的黯淡马厩里

你在那些可以原谅的行为里，在志愿者的自恋里

你在这里，你不在这里，我找到你失去你

在磁卡的声音中或在一场审讯的叫喊中

你消失了，你在我们前行的身体里

我们一步一步走向一种痛苦

越来越靠近也越来越不确信。

4

你看到了你生活的坍塌

在鳄鱼、灌木丛和沾满泥浆的恶魔间

你感受到牢房的力量

就像投下一个暗影

会覆盖生者的和谐
那个年轻的女人割腕死去,
那道纹身变成永恒。

5

这里不会预见
十二次收获的季节
这里每个月都可能是无限
或永远失去
这要根据大家共享的一支烟
一次买卖或一个狱警
有没有受到应有的尊重
他会写一个充满恶意的报告
每一刻放风的时间都变得有毒
每句话都暗含犯罪的动机。

6

但我们身体里已经筑起了高墙
曲折的夜晚会回到我们身上
我在早上睁开被世人唾弃眼睛

会产生一种强烈的近切感
形成包围。

7

这里有特别勤劳的神父
他们嘴唇肿着
在他们的猎场巡视
他们靠每种罪过的伤疤滋养
会说出无谓的祝福
也随时准备无谓的放逐。

8

你是无明的焦虑,他们
说,你陷于每次心跳的
无神主义中,徒刑,徒刑。

9

这时你很温和,回答说,
你回到了人间,你说上帝不存在

但灵魂存在：有的灵魂被关在大鸡笼里
所有人都慢慢行走
穿着褐色的衣服，来来回回走动
你们看，就像这人，真的就像这个人。

10

我们都踮起了脚尖看着这场阴间的
景象：我们看到转瞬即逝的女人
常春藤的神圣图案，我们看到
成熟的葡萄，在预料的准确时间里，
直到看到她脱去死者的衣服
在牢房墙壁上画满涂鸦。

11

氢氧火焰让疼痛
抵达我们，会在我们
四个关键的点上穿孔，
会触碰毫无防备的神经，会盘旋，坚持，
会让它成为囚禁，会到呼喊的内部
钻孔，一直到崩溃的瞬间

而四周延伸出一道
有千万灵魂的走廊。

12

在这支铅笔的笔尖里
有你的命运,你看,
这个又纤细又脆弱的笔尖,在纸上
每句话的影子,它写下
盲目的高墙,可以原谅的行为和独白
你的命运就在这里,在这静止的
迁移中,在这个难以觉察的
微笑里,那是一个男人
在消失之前献给世界的东西。

13

这种命运没有任何日记
记录,没有报纸
或历史记载,它存在于记忆的
低吟中,在青春的
声响中:想象的果园

和阁楼里的窸窣声,
几毫克,
监控法官的低语,
夜晚的报刊亭,一次围捕。

14

这是加重
在自我的黑暗中的每种行为,
盲目的逃跑,特赦
让我们可以有一个夜晚的自由,
只有一个夜晚,
一个无穷无尽的夜晚。

15

"老师,
您听我说,我现在会说到她
说到沉入水中的紫罗兰,
说到殉难者的胸怀、雪崩:
我会说她,最新的版本。"

16

"她,生来带着金冠的十六岁少女

夜晚塔尖月亮的密码

银河灰烬的悸动。"

17

"我的朋友,昨晚我在天空中看到了天狼星,

我想到那是我的外号,

一个孤僻的男孩的名字

他指着一团云朵

问它们什么时候回来,

那许多紫罗兰和火把,

你不应该爱她了——他们回答说——你不应该

再爱她了。"

18

"海底预言

有灾难

但我接受了我想
变成这张冷硬的面孔
在探望的时间,
在走廊里和那些恶人交涉。每一天,
在颤抖的视线里都会掀起飓风
是那个被清除的女人。"

19

"穿越岩洞的界限
节奏会重新回来
那个最销魂的一刻会回来
就像存在的节日
她微笑了!"

20

"她微笑了,打开门,
在她最后的房间
天蓝色的光线中嬉笑,
在一种致命、暴力的沉默中
打开门。他的王国

是一瞬间,火花和红晕。
但那件紫罗兰的裙子太短
皮肤里的那道光亮很陌生!"

21

"连根砍掉,
那影子完成了罪行
持续不断的不和谐
产生的儿子
在身体的花园中
发疯,颤抖
一只粗糙的手,
一只紧握铁器的简单的手。"

22

"那沉寂的一天重新出现在
绝迹的小径上
我们是注定要
完成伟业的形状:

我只记得那个吻

后来变成盲目的屠杀，

时间不详。"

23

"钟声沉寂

它们掉转过来

现在围绕着身体

在脖子的周围是一串小珍珠

她像麋鹿一样不安

她已经有所察觉，试着逃开

但是她奔跑的脚

激起了一场雪崩

开始了那长达一分钟的

死亡。"

24

"只有匕首可以杀死像她这样的女人

面对面贴身肉搏

打断她呼吸的韵律

我攻击了她,我带着那种

接近于遗忘的确信……然后夏天

落入了暗夜

我藏身于那里,颤抖的罪人……

……我攻击了她

整整一分钟。"

*

在这地方,人们身体里充满了镇静剂

这里献给了懊悔

毁坏的、难以预料的灵魂在四处游荡

我们和他们一起走向光秃秃的夜晚

走向重要的那一点

我们呼吸经久不散的油饼的香味

我们等待夜晚带来第一个错误

还有对于犯错的古老恐惧

用浮光掠影阐释影子

会消融所有时间

所有时间都会

成为宝石和少年生活的灰烬。

现在我们陷落于最初的火花

现在长子的轮廓浮现

一张迷失的脸在郁金香的疯狂中：

我拥有它，我招呼，歌唱，我粉碎它，

游离的目光落在罪恶上，

我们一起在世界尽头等它

呼唤着幸福歌曲的彼岸，

奖章背面的图像，我们纯粹表象的

二重唱，最初的一章

那个钟爱的名字的每个字母

都会回来

一直在呼唤我们。

那个名字名字名字

我们重复着那个名字，

有时确信有时难以置信，

在山鹑的抖动中，我们把它刻在

呼喊之中，我们带着独一无二的惊异

把它保存起来，就像那是我们应得的唯一礼物：

它会抵达最遥远的黎明，给我们命名，

等待我们，对我们满怀期待，要我们说出那句话杨树林的寂静中守护着的那句话。

那个被杀死的美丽女人
属于所有人,那微笑的女人
在走廊里经过,女神或幽灵,藏红花的伟大歌曲
她转向了死亡,就像一次冒犯
在早晨准时回到
重新醒来的黑暗战斗中,
她脱掉凉鞋,躺在简易床上,
又微笑了一次。或者出去,在世界上
在街上展示我们的错误和怒火
我们杀死了自己的最爱
现在我们触碰到她,在地上画出了
一个阴暗的通告,线条和词语,城市和面孔上的微光:
一个拯救的图画,也许,或者是一次判决。

诗歌是什么？

当一个人一辈子有很长时间都在阅读诗句、手稿和诗集，文学潮流后浪推前浪，一直在推陈出新，有时每天都会遇到新的诗人，整个下午都在讨论某个诗歌意象，或者某个形容词（所有这些都数年、数十年如一日），也许这时应该提出"诗歌是什么"这个问题。不是一首诗歌，而是泛指的诗歌，要说明一首诗歌是什么，这要容易一些。如果阅读莱奥帕迪的《无限》，我可以用一个小时讲讲那道篱笆或者微风，我可以发誓说这就是诗歌。但这不是我想说的诗歌，我怎样才能把这首诗歌和大写的诗歌联系在一起呢？几千年以来，诗歌这神秘创造物，它一直对人们诉说，让人着迷，它的本质是什么呢？"诗歌是什么"这个问题每次都会把我逼到墙角，让我害怕，也会让我非常沮丧。也许诗歌在玩捉迷藏游戏，它会生出孩子，产生诗句，然后逃开，它不想被看见或者被命名。诗歌应该是一个野生动物，难以捕捉，或是个造物，远远拿着一把神圣的弓，射击之后，只留下在树干上震颤的箭,但不知道弓箭手是谁。诗歌是什么?那些断断续续的句子,在纸上留下一段段奇怪的空白。这些在纸上用铅笔写出的文字是什么,就像一位黄昏派诗人所说的:用铅笔写就的诗句……

也许在铅笔尖上,在脆弱而锐利的铅笔尖上,有着诗歌的命运。在这张纸上——世界上最脆弱的东西上——我们会交出真相,交出我们的影子、秘密,我们声音里最隐秘、最灼热的部分,我们生命中最主要的部分。诗歌这两个字可能在几个世纪之后就不复存在,它会保存我们被赋予的最珍贵、最难以取代的东西。这就是诗歌的奇怪悖论:它一直都是用最古老、最贫穷、最脆弱的工具去完成。它处于时事之外、贸易之外、经济之外、在一切之外,有时甚至在我们之外。我们用自己的一部分写作,但我们并不彻底了解它,这部分是我们的,但也不属于我们。它经常从一个对我们来说很神秘、很幽暗的区域冒出来,很隐秘但也很震撼人心。诗歌应该是这样,一本诗集会改变读者的生活,也应该颠覆作者的生活。

你不是在写你所知道的,而是在写作时慢慢发现。你写的不是你记得的,而是通过语言开辟的路径在记忆中行走,写作会把我们引向出乎意料的地方。诗歌是一种认识，一种揭示。它不是建立一种语言，而是揭示一个之前存在的世界，揭示在我们之前已经存在的东西。因此诗歌和回归密切相关，这也是莱奥帕迪和帕韦塞教给我们的。我们爱过的地方会对我们说话，朝我们示意，真是对着我们，只对着我们示意。它们会像女人一样微笑，这些地方就是女人。这些地方活生生的，都是造物，有自己的声音。它们会呼唤我们，让我们靠近，按照自己的心意呼唤我们：我们会朝它们指点的地方走去。我们会追随一个印记、一片开阔处、一道橱窗、一栋楼房同样的墙壁、门铃、一辆卡车的声音：所有这一切，在回归时的绝对感动，都沉淀在我们心里，等待被唤起。我们所爱的地方就在那里，在我们面前，但越是从近处看着它们，它们也越是从远处看着我们。要把这些地方呈现出来并不容易，刚开始我们会感到紧张，激动地摸索，寻找精准的表达，目光进一步聚焦。那个地方要和修饰它的形容词更清晰地靠近。在受到召唤之后，我们要给这些地方命名，用属于它们的名字呼唤它们。因为这就是诗歌，诗歌并不是表达什么，而是用它的名字呼唤它，用它真正的名字呼唤潜伏在深处的东西，那些埋在厚厚的、约定俗成的称呼下的东西。现在我们要把它们挖掘出来，展现在日光之下,渗透到文字呈现的真相中,并使其保持恒定。

只有在回归时,我们那些急切的期待才会减弱:我知道身上真正发生了什么,看到幕后发生了什么,在支撑着我们最深处的经验。倾听这些真相,变成了一种任务,同时也是诗歌语言的根基。如果不谈论我们熟悉的地方——那些熟悉我们的地方,我们还能谈论什么?其余一切都是旅游、新潮时尚和实验。为什么实验主义在我们看来这么做作?因为它和猎奇、贪婪相关。它虽然获取了很多,但它的目光不知感恩:那是花花公子的目光,也就是克尔凯郭尔式的美学生活。我们从来都不会停止询问自己,对于懂得在永恒中冒险的人,昨日之水不会干竭。

翁加雷蒂(Giuseppe Ungaretti)说,在我们存在的深处有一个沉没的海港。我们沉静下来,摆脱日常生活的消遣,全身投入到最根本的东西上,能够直接走向这个海港,那是我们人生的最终目标。为了实现这个目的,我们必须知道自己是谁,要知道自己是谁,必须回归,要明白是什么古老的力量在推动着我们,让我们走到现在。在这段通往海港的旅程中,同样也是我们向后追溯,发现曾经的自己,一个可以认出的自己。

"认出"（Riconoscimento）这个词一直让我很着迷，这是古今文学作品中经常出现的"桥段"，是一个决定性场景，忽然揭示出我们面前的人是谁。从《奥德赛》到古希腊悲剧，从但丁到莎士比亚，从罗特（Joseph Roth）的《约伯记》到托马斯·曼的《约瑟夫和他的兄弟们》，从《基督山伯爵》到《已故的帕斯卡尔》[1]。欧里庇得斯让海伦和墨涅拉俄斯在尼罗河三角洲上相遇，他写道：认出所爱的人，他是位神。实际上这是命中注定的相遇，充满了命中注定的意味，是外部的力量让这次相遇成为可能。同样的力量让一道普天的光照在伊菲革涅亚的信上，通过那封神圣的信，俄瑞斯忒斯找到了失踪的姐姐。同样的决定力量在其他地方、其他时刻让尤利西斯被人认出，让维吉尔和索尔德罗[2]拥抱在一起。这种认出（终场时真相大白的时刻），在这个时刻散发出的爱的力量让我想到：认出和感恩有着某种秘密的联系。我们应该感激我们可以做的事，沉浸在过去的时光里，一步一步走过命运的小径。

---

[1] 意大利作家皮兰德娄（Luigi Pirandello）的长篇小说。
[2] 索尔德罗（Sordello，1200—1269），意大利游吟诗人。

诗歌是什么？我还是找不到答案。我只能随波逐流，我的小船被水流拖着走，能抓住什么是什么。比如说我会抓住一直陪伴着诗歌的几个固定概念，也许深入分析这些概念能帮助我们回答这个问题。比如我们说沉默。是的，我们可以从这里开始，可以提到一些书籍，讲讲我自己的故事，并清楚这些故事不仅发生在我身上。

沉默陪伴了我整个童年，沉默让我无法讲述任何故事。从小时候开始，我无法讲述我的生活，或者说我根本没有办法讲述。假如有人问我前一天发生了什么事情，我不知道从何说起。我只能说出一些单个的细节，断断续续，前言不搭后语。听我说话的人会觉得很不安，无法获取一个故事，无法了解事情的前因后果，没有任何讲故事的节奏，只有一些片段，而且毫无关联。或者有联系，有一个场景我会讲很多，很投入，带着让人不解的激情。就好像在侦探电影里，把镜头对准一个细节，停在那里，激起一种警惕的状态。听我说话的人会失去线索，或失去耐心。他会感到紧张，感到一种悲切、真诚的调子，但情绪找不到出口。他会有一种紧迫感，好像有什么事情会发生或坠落，有一种决定性事件发生，关键时刻的感觉，但在最精彩的时候，这个事件消失了，落入沉默。

这种沉默在青少年时期一直陪伴着我。我在沉默中想象、回忆，为一些会面和情景做准备，为足球比赛或冒险游戏做准备。从沉默进入到语言，这是一段漫长的路程，一段充满障碍、流沙和关卡的道路。语言就在那里，近在眼前又难以企及，这么迫近，反而让人觉得遥远。本应该倾注在语言上的能量，现在却聚集在语言上，找不到进展，无法解释。但所有这些压力，这些蓄势待发的力量，整个沉默的世界都在寻找自己的道路，它们不会满足于隐形的状态。这道路就是诗歌。当然了，这就是诗歌。但这个道路不会很快成形，需要经过很多年。我在十八九岁时写出了最初的诗歌——我认为的诗歌，在这之前有很长时间我都在比画，从小学开始，这是一个地下的、默默准备的阶段。我想这样定义这个季节：课堂作文的沉默时期。

我准备一篇作文，就像准备一场约会。我带着激动的心情、愉快的忐忑等待那个时刻，那是我渺小的生命的所有激情。当然了，我同时也在做每天的事：踢足球，照顾我的猫，阅读萨尔加里的海盗故事。但一切都朝向那里，朝向那个最高时刻，朝向在书桌上那张等待我的纸,每天都会写满的纸,每天晚上会写满字迹。每天在半睡半醒之间,我脑子里回荡着无数句子、时间,人的面孔和街道,都是我要在作文中呈现出的东西。当到了幸福的那一天,一切都变得沉默。我感觉这篇作文决定着我的命运,还有读到它的人的生活,我的老师布鲁诺·比克里(Bruno Piccoli),我"进场"的第一个桥梁:通过他我第一次面向整个世界。我面对一道门,那张横线纸,白色的方形印签格,真是一道门。需要跨越那道门,进入到真正的生活中去。不能犯错误,写一篇作文就是说出一个预言。我们在教室里写出的,就是我们在人群中会找到的:这是一场预演,是我们的爱、痛苦和寂寞,是我们旅行的地图,需要精确填写的无声地图,也是我们得到救赎的重要通行证。不能犯错误。然后——要注意!也需要提交草稿!

那些少言寡语的诗人一直都吸引着我,那些艰难写出很少诗句的诗人总能打动我。那些语言经过长途跋涉才能问世,这是一场充满障碍的行走,会遇到很多屏障、城墙和护城河。这场行走中,语言不能像乡间泉水一样静静流淌,或像叙事体一样流畅。绝对不是这样,诗歌的语言不流淌,也不流畅,它的水流一直都会遇到堤坝的阻拦。只有通过这种方式,语言才会增加力量和密度，会压迫着堤坝，变得越来越深，水位一直在攀升，会感到倾泻非常急迫，会迫不及待带着所有积累、滋养和内心的期待流入山谷。

这就是破堤前激动的缄默，战斗之前的沉默，暴风雨之前的寂静。有很多种沉默，有很多种沉默的样子。有失语症的沉默，那些受到抑制、找不到出口的语言会停留在那里，悬在空中，支支吾吾，无法涌出来达到目的地：这是蒙塔莱的沉默，也是帕韦塞在人生最后阶段的失语，他只能不断重复一些小调，这是保罗·策兰的沉默，他通过那些零落的、感觉的碎片在星际间流浪。那是二十世纪的沉默，紧张而灰暗，那些找不到出口、不确信的话，找不到别的去向，只能迷失在自己掀起的漩涡之中。

诗歌的沉默并不是语言的反面，而是另一种方式。语言可以展示出来，等待产生，那是一个空白的地段，语言进入时还没成形，它正在准备呈现出某种形状。这是一切悬而无解、充满能量、等待的地方。这种能量还要抵及表达的路径，找到自己的面貌。

"两个音符之间存在沉默，但两个音符里也有沉默。"克里希那穆提如是说。每个诗人都知道两个音符之间的沉默，两本书之间的沉默。第二本书开始成形，诗人会召唤这种沉默，在他的风格世界里，会创造一些节奏和词汇，要求它不再沉默，最后终于开启新的一章。但还有另一种沉默，就是包裹着两个音符的沉默，那是贾科莫·莱奥帕迪的《无限》中那种无限宽广的沉默。那是一段不断延伸的时间，日子和体验填充其中，一个巨大的空间，打开来把我们包围。这是两个音符的沉默，第一本书已经很遥远了，第二本说还没发出声音，没有召唤我们。需要接受这种沉默：如果我们接受它，可能这样很好，也充满滋养。在我们不知道的情况下可能会出现这种情况：它会默默在内心播种，有一天会长出果实。终于，距离已经产生，我们不再想着已经写出来的书，但第二本书还没出现在地平线上，它的线条还没有形成，声音还没有出现。我们在体验一天天的日子，一次次会面。我们不再生活在第一本书的轨道上，不再准备下一本书，我们只是在发现新体验。我们在默默发生变化，有一天，我们会写出这种变化。

诗歌语言到底是什么？一眼望去，好像是最难以预料的语言，同时也是最基本、最陌生、最传统的语言。在一种稳定的平衡中，这也是诗人的平衡。这样的创造物中，同时同地好像有两个人共存：一个迷惘，一个清醒；一个失去任何确信，一个言谈自若、宛如天神；一个狂热，一个是像军事地图一样冷静；一个极端专注于语言的跳动，一个沉湎于过去。

是呀，过去。诗人沉迷在他的过去中，就像一下跃入开阔的大海。大海告诉我们时间的流失：它处于永恒的运动之中，会从平静忽然转向暴风雨，从风平浪静到刮起猛烈的北风。那不是寻找逝去的时光，而是失去的时光，不断失去的时光，它和现在交织在一起，让现在发生转变，塑造和破坏它，让它归属于那热烈、无穷的怀抱。这像跃入水中，不是像考古那样带着地图慢慢下沉，最后把挖掘出来的文物带出地面。不，一切都很突然。时间会混合在一起，远过去时变成近过去时，变成未完成时、现在时和愈将来时。一切都是让人迷失的当下。一切都那么遥远，但又那么紧迫。

时间回到自身，完善那些爱过的地方，使这些地方完整。这个时间不是线性的，这一点很明显。但我想进一步讲讲，准确来说这也不是圆形的时间，不是会回到原点的时间。这个时间在回来时,会靠近离开时的道路,可以观察、理解那条旧路径,但又不和它重合。因此,绘制这个时间形状的几何图,不是一个圆环,而是一个螺旋。

在诗歌中,机会的唯一性会投射在连续的背景上。最偶然的事件也应该和它发生时的呼吸交织起来。诗歌不能缺少这种具有戏剧性的共存,逃逸和留下同时出现:一辆救护车的蜂鸣器发出的音乐,一个晕倒在长椅上的男孩,我们秘密的死亡,在环城线上发生的一起事故,还有我们失去时感到的飓风。一刹那和持续性,这是诗歌的大主题,也是永恒的主题。当注定的那一刻来临,它从来都不是静态的,它会把季节涵盖进来,让之前和后来的时间转向自己。诗人注视着那个丰盈的时刻,会创造另一个故事的光环,轻轻触及某种可能。这需要在上千种可能中抓住那一刹那,这是一个关键时刻,一个"适当的时间"(Kairos)。它呼唤一个季节,宣布另一个季节的到来。因此"适当的时间"就是时间的结合,这种向心力运动使过去和未来流向一刻。回忆和预言,记忆和许诺,充满时间的原子。唯一的意象可以包含这样的活力,这种期待、不适,一切会迸发出来,成为一个世界。这种个体和宇宙的交织，正是诗歌的特色，从古到今，从阿尔克曼①到博纳富瓦②都是如此。实际上诗歌讲述的是只发生过一次的事。正因为只发生一次，它会带着一种抹去其他存在的阴影，这些存在包围在四周，就像这个独一无二时刻的副本，它们会赋予这个时刻动态和动力。在这种意义上，这是一个开创性的经验，或者说这种经验向我们展示出：完整的时间存在于一个诗句的微型时间之中，它总是倾向于"显现"，总是倾向于揭示这个瞬间背后掺杂的意义。相对于"瞬间"这个词汇，我更喜欢"即刻"，它听起来也很美，听起来像正在进行时的坚定，振奋人心。这个词的意大利语源自一个动词，就是"instare"，意思是催促、迫近、坚决要求，因此它具有时间性，就是在当下，混合着现在充满的和将要爆发的。

"诗歌"这个词，就像之前上千次说过的，它来自于一个希腊的词汇"poièin"，意思是"做"。但要

---

① 阿尔克曼（Alcmane），公元前610年前后活动的古希腊抒情诗人，生活在斯巴达。他的作品主要由为节庆而作的抒情合唱诗组成。
② 博纳富瓦（Yves Bonnefoy, 1923—2016），法国诗人。他的作品在战后法国诗坛有重要地位。

注意一点：这不是进行物质生产，也不是常规的制作，而是一种神奇、艺术、神秘的制作，就像那些神圣的表演、游戏和节日，就像品达①和巴库利德斯②的"敬神表演"（ieropoièin），就好像本身带着隐晦、庄严的区域，一种古老、神秘的声音。诗歌注定在它充满邪气的力量中，它的语言躲过了实用的功能，也无法对它的轮廓进行精确勾勒。实际上，我们到了最后总结这场讲话的时候了，我意识到我并没有回答一直陪伴着我们的关键问题"诗歌是什么？"；从另一个方面来说，这是不可能回答的问题。我希望至少带来了一些启发、一些火花、一些影像和一些靠近答案的小径。这个问题提出来时，就像打开了一道深渊。"诗歌是什么？"我们不知道它是什么，但我们知道它会浮现，它会像一则通告、一场暴风雨，一出现就会给命运留下无法磨灭的印记，一个伤口。有时很悲剧，有时很神奇，有时也很滋养人……这个伤口中有很多面孔，但可以肯定的是这个伤口无法抹去。在我们心中，它陪伴着我们的愿望，它一个字母一个字母

---

① 品达（Pindaro），古希腊抒情诗人。他被后世的学者认为是九大抒情诗人之首。古希腊盛行体育竞技，竞技活动又和敬神的节日结合在一起，品达在诗中歌颂运动会上的竞技胜利者和他们的城邦。
② 巴库利德斯（Bacchilide），古希腊抒情诗人，活动于公元前5世纪前后。他长于抒情表达，其作品文采斐然，感情细致。

地塑造这个沉没的海港的名字,这也是我们旅行的目的地。

M.D.A

米兰三年展,2016 年 6 月 23 日